Analyse de l'œuvre

Par Maria Aalto

Americanah

Chimamanda Ngozi Adichie

lePetitLittéraire.fr

Analyse de l'œuvre

Par Maria Aalto

Americanah

Chimamanda Ngozi Adichie

lePetitLittéraire.fr

Rendez-vous sur lepetitlitteraire.fr et découvrez :

Plus de 1200 analyses
Claires et synthétiques
Téléchargeables en 30 secondes
À imprimer chez soi

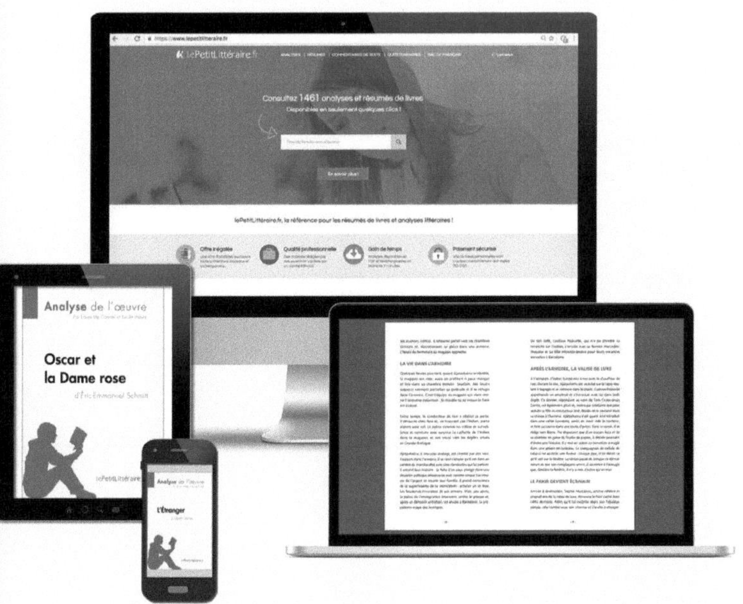

CHIMAMANDA NGOZI ADICHIE

ÉCRIVAIN NIGÉRIAN

- **Né à Enzugu (Nigeria) en 1977.**
- **Travaux notables:**
  - *Hibiscus pourpre* (2003), roman
  - *La moitié d'un soleil jaune* (2006), roman
  - *We Should All Be Feminists* (2014), essai

Chimamanda Ngozi Adichie est un auteur nigérian très lu et une icône féministe.

Adichie a grandi à Nsukka, au Nigeria. Elle a terminé ses études aux États-Unis et partage aujourd'hui son temps entre les deux pays.

L'œuvre d'Adichie a été traduite dans plus de 30 langues. Elle a reçu plusieurs prix pour ses romans, dont le Commonwealth Writers' Prize: Best First Book pour *Purple Hibiscus* et le National Book Critics Circle Award pour *Americanah*. Elle est également auteur de nouvelles et d'ouvrages non fictionnels. Ses conférences TED *The Danger of a Single Story* (2009) et *We Should All Be Feminists* (2012) ont été largement visionnées et commentées. Ce dernier, qui a été publié sous forme de livre, a suscité une conversation sur le féminisme. En effet, le féminisme et l'exploration des rôles de genre sont également des parties importantes de la fiction d'Adichie. Parmi les autres thèmes présents dans ses écrits figurent la race, la religion, l'amour ainsi que la culture et l'histoire nigérianes.

d'Adichie. Parmi les autres thèmes présents dans ses écrits figurent la race, la religion, l'amour ainsi que la culture et l'histoire nigérianes.

AMERICANAH

UNE HISTOIRE D'AMOUR ET UN ROMAN SOCIAL SUR LA RACE.

- **Genre:** roman
- **Édition de référence :** Adichie, C. N. (2014) *Americanah*. New York : Anchor Books.
- **1ère édition :** 2013
- **Thèmes :** amour, race, immigration, maison, sexe, beauté.

Americanah est un roman aux multiples facettes qui aborde diverses questions sociales, notamment la race, le sexe et l'immigration. Ifemelu, la protagoniste du roman, est une Nigériane qui se découvre une nouvelle identité, à savoir être noire, aux États-Unis. Elle partage ses observations sous la forme d'un blog anonyme sur la race. Adichie explore ce que signifie être noir, femme et immigrant, entre autres, à travers les expériences d'Ifemelu (et d'autres personnages). Le roman met en lumière les différences entre des groupes marginalisés distincts, tels que les immigrants africains et les Afro-Américains, ainsi que la solidarité qui existe entre des groupes distincts.

En plus d'être un roman à caractère social, *Americanah* est aussi une histoire d'amour. Ifemelu et Obinze, le petit ami de sa jeunesse, partagent un lien si fort que les années passées sur des continents différents, sans pratiquement aucun contact entre eux, et les autres relations qu'ils ont eues depuis leur séparation, ne peuvent défaire l'amour qu'ils partagent.

RÉSUMÉ

QUITTER LES ÉTATS-UNIS

Americanah est l'histoire de deux Nigérians, Ifemelu et Obinze. Le roman commence avec Ifemelu, qui est sur le point de quitter les États-Unis pour retourner dans son pays d'origine, le Nigeria, observant l'environnement qu'elle s'apprête à laisser derrière elle. Elle a fermé son blog à succès sur la race alors qu'elle se prépare à commencer sa nouvelle vie dans son pays, mais elle continue à observer les gens autour d'elle comme si elle recueillait des idées pour son blog. Elle va se faire tresser les cheveux dans un salon de coiffure africain et observe les femmes du salon, tout en pensant à sa vie actuelle et à celle qu'elle mène au Nigeria. Ses pensées dérivent vers Obinze, son premier amour. Elle sait qu'Obinze est devenu un homme d'affaires prospère, qu'il est marié et qu'il a une petite fille. Ifemelu et Obinze ont eu très peu de contacts depuis la rupture de leur relation, mais ils ont souvent pensé l'un à l'autre.

GRANDIR AU NIGERIA

Le récit décrit ensuite la jeunesse d'Ifemelu au Nigeria. Ses souvenirs se concentrent sur les personnes importantes de sa vie: ses amis, ses parents, Aunty Uju, qui est le membre de la famille dont Ifemelu se sent le plus proche, et, bien sûr, Obinze. Ifemelu et Obinze se rencontrent à l'école et tombent amoureux lors de la fête d'un ami. Leur relation est étroite et honnête dès le début. Ifemelu et Obinze sentent qu'ils se comprennent et partagent un lien émotionnel profond. Ils partagent également des intérêts communs, comme la lecture de livres, bien que leurs goûts ne soient pas toujours les mêmes. Obinze s'intéresse particulièrement à la culture et à la littérature américaines, et rêve de vivre aux Etats-Unis. Après avoir terminé leur scolarité, Ifemelu et Obinze commencent à étudier à l'université de Nsukka au Nigeria. Plus tard, comme leurs cours sont perturbés par des grèves, Ifemelu demande et réussit à obtenir une bourse partielle pour étudier en Amérique. Elle commence à préparer son départ. Elle et Obinze conviennent qu'il la rejoindra en Amérique lorsqu'il aura obtenu son diplôme.

L'EXPÉRIENCE AMÉRICAINE D'IFEMELU

Ifemelu arrive en Amérique et passe d'abord l'été à Brooklyn chez sa tante Uju, qui vit en Amérique depuis quelques années déjà. Elle aide sa tante à s'occuper de son cousin Dike, avec qui Ifemelu se lie d'amitié. À l'automne, Ifemelu commence à étudier à Philadelphie. Au début, elle est ravie d'être en Amérique, mais elle a du mal à s'adapter à la culture locale. De plus, elle ne trouve pas de travail et s'inquiète de ne pas pouvoir payer son loyer. En désespoir de cause, elle accepte une rencontre de nature sexuelle (bien qu'aucun rapport sexuel n'ait lieu) pour cent dollars avec un homme qu'elle avait initialement contacté pour un poste d'assistant personnel. Après cela, Ifemelu devient dépressive et coupe le contact avec Obinze.

Ginika, l'amie d'Ifemelu, l'aide à trouver un emploi de baby-sitter dans une famille aisée. Cela met fin à ses soucis financiers, et elle commence à mieux s'adapter à la vie aux Etats-Unis. Ifemelu entame une relation avec le cousin de son employeur, Curt. Elle est heureuse avec lui, mais comme il s'agit d'un riche homme blanc, ses origines sont très différentes des siennes. De ce fait, ils ne se comprennent pas toujours, mais ils apprennent l'un de l'autre. Curt aide Ifemelu à trouver un travail qui lui permet de recevoir sa carte verte. Ils restent ensemble pendant plusieurs années, mais leur relation prend fin suite à l'infidélité d'Ifemelu. Peu après, Ifemelu commence à écrire un blog sur la race en Amérique, telle qu'observée par une femme noire non américaine. Son blog connaît un grand succès, ce qui lui offre une liberté financière et un moyen d'observer l'identité noire, une identité qu'elle a découverte en Amérique.

Ifemelu entame une nouvelle relation, cette fois avec un professeur afro-américain, Blaine. Elle déménage à New Haven pour être avec lui. Bien qu'Ifemelu et Blaine partagent l'expérience d'être des Noirs privilégiés et éduqués en Amérique, ils sont également très différents en raison de leurs origines culturelles distinctes. Elle est heureuse de sa vie en Amérique avec Blaine, mais finit par ressentir le besoin de rentrer chez elle. Aucune des relations d'Ifemelu en Amérique n'était aussi proche et aussi passionnée que sa relation avec Obinze.

L'EXPÉRIENCE BRITANNIQUE D'OBINZE

Obinze ne peut pas réaliser son rêve de vivre en Amérique car sa demande de visa est rejetée dans les circonstances de l'après-11 septembre. Il s'installe donc à Londres. Son visa expire et il vit en Angleterre comme un immigrant sans papiers. Sa vie à Londres est très différente de celle à laquelle il est habitué en tant que jeune homme issu d'un milieu éduqué de la classe moyenne. Il fait des petits boulots sous le nom de quelqu'un d'autre et prépare un mariage blanc qui lui permettra de rester en Angleterre. Cependant, alors qu'il est sur le point de se marier, il est arrêté et finalement expulsé vers le Nigeria. De retour au Nigeria, Obinze devient un homme d'affaires prospère et épouse une belle femme, mais il ne se sent pas entièrement satisfait de sa nouvelle vie.

RENOUER AVEC LE NIGERIA ET OBINZE

Les plans d'Ifemelu pour rentrer chez elle sont retardés par la tentative de suicide de Dike. Ifemelu se précipite pour être auprès de sa cousine adorée, qui est maintenant une adolescente. Dike commence à se rétablir et incite Ifemelu à rentrer chez elle comme elle l'avait prévu. Plus tard, Dike vient rendre visite à sa cousine au Nigeria. À son arrivée à Lagos, Ifemelu constate que le Nigeria et elle-même ont changé, mais elle finit par trouver sa place dans son pays d'origine. Elle travaille d'abord dans un magazine féminin, mais finit par quitter son emploi et se remet à bloguer. Cette fois, cependant, elle écrit sur divers sujets en rapport avec la vie à Lagos, car un blog sur la race ne fonctionnerait pas au Nigeria. Ifemelu est devenue une femme confiante et indépendante qui ne veut pas laisser ses relations ou son employeur la définir. Ifemelu et Obinze reprennent contact et découvrent qu'ils s'aiment toujours. Après avoir lutté contre son sens des responsabilités envers sa famille, Obinze quitte sa femme pour être avec Ifemelu.

ÉTUDE DE CARACTÈRE

IFEMELU

Ifemelu est une Nigériane de Lagos. Elle part aux États-Unis pour poursuivre ses études, et y passe 13 ans avant de retourner finalement à Lagos. C'est une femme indépendante, franche et intelligente qui passe une grande partie de son temps à observer les gens qui l'entourent. En Amérique, Ifemelu fait une découverte intéressante : elle est noire. Au Nigeria, la couleur de sa peau n'était pas un élément important de son identité, car dans son pays d'origine, elle est définie par son ethnie et son sexe plutôt que par sa race. En Amérique, il semble qu'avant d'être Igbo (son groupe ethnique au Nigeria) ou même Nigériane, elle soit noire. Ifemelu donne un sens à cette expérience en écrivant un blog sur la race en Amérique, telle qu'observée par une femme noire non américaine. Elle découvre que, s'il existe de nombreuses différences culturelles entre les Africains et les Afro-Américains, il y a une expérience commune de la marginalisation, qui appelle à la solidarité entre les Noirs et à la compréhension des Blancs. Les expériences d'Ifemelu concernant la race peuvent être observées à travers ses relations amoureuses. Ifemelu a trois relations importantes. Son premier amour, Obinze, est également Nigérian et Igbo. Il est l'amour de sa vie, comme elle est le sien, bien qu'ils aient tous deux d'autres relations significatives. Sa deuxième relation importante est avec Curt, qui est américain et blanc. C'est le partenaire qui est le plus différent d'Ifemelu, mais ils ont une relation amoureuse qui dure plusieurs années. La troisième relation d'Ifemelu est avec Blaine, un Afro-Américain, qui est évidemment noir comme elle, mais d'une culture différente. Ces relations et les autres interactions sociales dont Ifemelu fait l'expérience la changent et l'incitent à réfléchir à sa situation. Elle explore ce que cela signifie d'être noir, nigérian, immigré, de la classe moyenne, une femme et quelqu'un qui est retourné dans son pays après avoir vécu à l'étranger pendant plusieurs années.

OBINZE

Obinze est un Nigérian calme, gentil et intelligent. Il est bien éduqué et a grandi dans un environnement de classe moyenne. Il entretient une relation étroite avec sa mère, qui est professeur d'université. C'est sans doute en partie pour cette raison qu'Obinze est toujours respectueux envers les femmes. Obinze et Ifemelu partagent un lien affectif profond qui n'est pas rompu par les années passées à l'écart, sans pratiquement aucun contact entre eux. Enfant et jeune homme, Obinze rêve de vivre en Amérique, mais il ne peut pas réaliser ses rêves car il ne peut pas obtenir de visa pour les États-Unis. Il s'installe en Angleterre avec un visa d'assistant de recherche de six mois. Après l'expiration de son visa, il mène une vie marginale en tant qu'immigrant sans papiers, et il est finalement expulsé vers le Nigeria, où il devient un homme d'affaires prospère. Obinze devient désenchanté, plus réservé et moins optimiste à la suite de ses expériences, mais au fond, il reste la même personne gentille et intelligente qu'il a toujours été. Lorsque Ifemelu retourne au Nigeria, elle découvre qu'il est toujours le même homme dont elle est tombée amoureuse dans sa jeunesse.

CURT

Curt est un Américain blanc, riche et privilégié. Il est gentil et beau, et toujours prêt à charmer ceux qui l'entourent. Curt n'est pas toujours conscient des problèmes raciaux présents dans sa société parce qu'il ne les a jamais vécus personnellement, mais il est prêt à apprendre. Il représente un Blanc qui peut être aveugle au racisme en raison de son manque de compréhension et d'expérience, mais qui peut aussi être utile à la cause de la communauté noire grâce à son empathie et à sa volonté d'écouter les expériences des autres. En tant que personne ayant du pouvoir, il peut céder ce pouvoir en faveur de ceux qui sont marginalisés s'il est sensibilisé aux problèmes. Ifemelu apprend la culture américaine de Curt, et Curt apprend la culture africaine et l'expérience d'être noir en Amérique d'Ifemelu. Pourtant, Curt semble parfois incapable de comprendre complètement Ifemelu, ce qui irrite parfois cette dernière. Curt et Ifemelu passent plusieurs années heureuses ensemble, et même si Ifemelu n'a jamais ressenti le même sentiment d'appartenance avec Curt qu'avec Obinze, elle a été capable d'imaginer un avenir avec lui à un moment donné. Ifemelu continue de l'apprécier après la fin de leur relation, et l'appelle même pour se rattraper des années plus tard, lorsqu'elle est de retour au Nigeria.

BLAINE

Blaine est un professeur afro-américain de sciences politiques à Yale. C'est un intellectuel et un homme profondément animé par ses principes éthiques. Ifemelu admire ces qualités chez lui, mais elle constate parfois que leurs différences culturelles les amènent à regarder le monde de manière différente. Par exemple, lorsqu'une femme blanche demande à toucher l'afro d'Ifemelu, Blaine pense qu'elle devrait être offensée par la demande de la femme, mais Ifemelu n'y voit pas de problème. Elle pense qu'il « attendait d'elle qu'elle ressente ce qu'elle ne savait pas ressentir » (p. 388). Malgré leurs différences culturelles, Ifemelu et Blaine ont beaucoup de choses en commun. Le plus important est qu'ils sont tous deux des personnes intelligentes qui explorent activement ce que signifie être noir en Amérique (et dans le reste du monde). Ils sont unis dans leur enthousiasme pour la campagne présidentielle de Barack Obama, qui représente une victoire majeure pour les Noirs d'Amérique. Bien qu'Ifemelu ait une relation profonde et significative avec Blaine, elle n'est pas comparable au lien qu'elle partageait avec Obinze, et n'est pas suffisante pour l'empêcher de retourner au Nigeria.

TANTE UJU

Tante Uju est une femme intelligente et travailleuse. Son point faible est qu'elle s'attache à des hommes qui ne la traitent pas bien. C'est la sœur du père d'Ifemelu (ou la famille l'appelle sa sœur, bien qu'elle soit en fait sa cousine). Tante Uju est le membre de la famille dont Ifemelu se sent le plus proche. En grandissant, Ifemelu l'a admirée et lui a demandé des conseils. À l'âge adulte, la relation d'Ifemelu avec tante Uju se transforme en une relation d'égal à égal. Ifemelu a du mal à comprendre les relations d'Uju avec les hommes qui lui sont inférieurs, mais elle continue à soutenir sa tante même si elle n'est pas d'accord avec les choix qu'elle fait. Au Nigeria, Uju est la maîtresse d'un général militaire. Après la mort de ce dernier, elle s'installe en Amérique avec leur fils Dike, qui est alors un bambin. Après des difficultés initiales, Uju, qui est médecin, passe ses examens afin de pouvoir pratiquer la médecine aux États-Unis. Ses luttes sont représentatives des divers problèmes auxquels sont confrontés les immigrants africains et les femmes noires en Amérique, comme les préjugés des patients blancs lorsqu'on travaille comme médecin. Tante Uju et Dike représentent la famille d'Ifemelu en Amérique.

DIGUE

Dike est le cousin d'Ifemelu. Dike et Ifemelu nouent une relation étroite lorsque Ifemelu passe son premier été en Amérique à le garder. Dike admire Ifemelu et cherche à obtenir ses conseils. Il représente l'enfant d'un immigrant africain, déchiré entre deux cultures. Il grandit dans un foyer africain mais est entouré de la culture américaine. Les expériences de Dike explorent la dynamique raciale en Amérique du point de vue d'un enfant. Lorsque sa mère commence à pratiquer la médecine, ils déménagent dans un quartier majoritairement blanc, ce qui oblige Dike à explorer son identité de « petit noir ». Les motivations de Dike pour sa tentative de suicide ne sont pas entièrement expliquées, mais c'est un choc profond pour sa mère et son cousin. Ifemelu laisse tout tomber pour être avec Dike, mais il finit par lui dire de poursuivre son projet de retour au Nigeria. Dike rend visite à Ifemelu au Nigeria et reste une personne importante dans sa vie, même après qu'ils ne vivent plus dans le même pays.

ANALYSE

UN ROMAN POSTCOLONIAL

Americanah peut être décrit comme un roman postcolonial. Dans sa définition la plus large, le terme postcolonial fait référence à « toutes les cultures affectées par le processus impérial depuis le moment de la colonisation jusqu'à nos jours » (Ashcroft et al., 1989 : 2). Bien qu'il existe d'autres définitions plus restrictives, cette définition large est utile car elle englobe toute l'étendue des cultures et de la littérature qui entrent dans le cadre de ce terme. Cette définition est pertinente pour *Americanah*, car elle traite de deux types très différents de sociétés postcoloniales. Il est particulièrement important de garder à l'esprit, lors de l'analyse d'*Americanah*, que le Nigeria est un pays qui compte de nombreux groupes ethniques *originaires d'Afrique*. Les États-Unis, en revanche, sont une société à prédominance blanche, et donc largement représentative de l'ancienne puissance coloniale (si tous les Américains blancs ne sont pas des descendants des colonialistes, ils appartiennent à la race historiquement dominante). Seule une très petite partie de la population actuelle est constituée de natifs américains, et l'histoire de la minorité noire aux États-Unis est marquée par l'esclavage et la ségrégation. L'indépendance vis-à-vis de la puissance coloniale a donc signifié des choses différentes pour les deux pays. Les deux pays ont souffert de la domination coloniale, mais en raison de ces différences et d'autres, ils ont évolué dans des directions distinctes.

Les termes pertinents pour les deux sociétés postcoloniales présentes dans *Americanah* sont « l'autre » et « l'altérité ». Il s'agit de diviser les gens en « nous » et « eux », ce qui signifie souvent le peuple occidental blanc et l'autre non-blanc. Cette distinction est au cœur du discours colonial qui décrit le peuple colonisé comme « primitif » et « inférieur ». Le problème de cette distinction binaire est qu'elle ne tient pas compte des autres formes d'« altération », telles que la discrimination fondée sur le sexe, la classe sociale, la sexualité et le handicap (Ramone, 2011 : 110). En outre, la simple distinction entre les Blancs et les non-Blancs ne suffit pas à décrire les différentes cultures, les individus et les dynamiques de pouvoir au sein de ces deux groupes et entre eux. Néanmoins, l'altération fondée sur la race est un problème réel aux États-Unis et dans le monde entier, et ces dynamiques, ainsi que d'autres formes d'altération, sont explorées en détail dans le roman. La présence de divers types de personnages aux origines, expériences et opinions distinctes permet une investigation nuancée et multiforme des thèmes, sans toutefois perdre de vue la gravité de questions telles que le racisme.

Les thèmes les plus importants liés à l'altération présents dans *Americanah* sont la race, l'immigration et le genre.

COURSE

Le thème le plus évident dans *Americanah* est la race. Ifemelu, qui a grandi au Nigeria, n'avait pas beaucoup réfléchi à la race avant d'arriver en Amérique. La race n'est devenue une partie de son identité qu'après avoir découvert sa signification en Amérique. Elle écrit sur son blog, en s'adressant aux Noirs non américains en Amérique : « lorsque vous faites le choix de venir en Amérique, vous devenez noir. Arrêtez de vous disputer. Arrêtez de dire que je suis Jamaïcain ou Ghanéen. L'Amérique s'en fiche » (p. 273). Cela montre non seulement que la race compte aux Etats-Unis, mais aussi que d'autres marqueurs de l'identité, comme la nationalité, n'ont pas autant d'importance en Amérique. Le point de vue d'Ifemelu est intéressant car elle explore les relations raciales à la fois en tant qu'outsider, en tant qu'étrangère, et en tant qu'insider, en tant que personne noire aux Etats-Unis.

Le fait qu'il y ait des personnages noirs aux origines culturelles diverses dans le roman est intéressant. On peut l'observer, par exemple, dans les deux syndicats étudiants distincts de l'université d'Ifemelu : l'Association des étudiants africains, fréquentée principalement par des étudiants africains, et le Syndicat des étudiants noirs, fréquenté principalement par des étudiants afro-américains (p. 172). De plus, Ifemelu et son petit ami afro-américain, Blaine, ne voient pas toujours le monde de la même manière, comme on peut l'observer dans l'épisode où la femme blanche touche les cheveux d'Ifemelu (voir la section « Étude des personnages »). Cependant, l'expérience partagée d'être différent en tant que personnes noires appelle à la solidarité entre différents types de personnes voulant lutter contre l'inégalité raciale. En outre, Ifemelu montre que si l'on est conscient des faits socio-historiques qui contribuent à la réalité sociale actuelle et au sentiment d'identité de diverses personnes, on peut aborder les personnes ayant des opinions différentes avec plus d'empathie. On peut l'observer dans la façon dont Ifemelu répond à Laura, la sœur de son employeur, lorsqu'elle dit qu'une Ougandaise qu'elle connaissait n'avait pas «tous ces problèmes» (p. 207) qu'une autre Afro-Américaine avait: «Peut-être que lorsque le père de l'Afro-Américaine n'avait pas le droit de voter parce qu'il était noir, le père de l'Ougandaise se présentait au parlement ou étudiait à Oxford» (*ibid.*). Pour plus d'informations sur la solidarité entre les Africains et les Afro-Américains dans *Americanah*, voir McCoy (2017).

IMMIGRATION

L'immigration est un autre thème important dans *Americanah*. L'expérience de l'immigrant peut être observée à travers les expériences de personnages comme Ifemelu, Obinze, Aunty Uju et Dike. Ifemelu est une immigrée nigériane aux États-Unis. Elle vient en Amérique en tant qu'étudiante. Sa famille n'est pas riche, mais elle ne fuit pas la faim ou la persécution dans son pays d'origine. C'est également le cas d'Obinze. En fait, ces personnages racontent une histoire d'immigration différente de celle qui est souvent dépeinte dans les médias occidentaux: Obinze et Ifemelu sont des jeunes gens instruits issus de la classe moyenne (même si la famille d'Ifemelu est moins riche que celle d'Obinze, elle n'est pas pauvre). Ils sont simplement avides de choix et de certitudes, et curieux de découvrir d'autres pays et cultures. Obinze, qui vit en Angleterre en tant qu'immigrant sans papiers, se demande si les personnes qui comprennent le désespoir des gens qui fuient les guerres, la faim et les catastrophes comprendraient sa situation (p. 341).

Ifemelu, Uju et Obinze doivent apprendre à s'adapter à de nouvelles cultures et à faire face aux problèmes financiers, administratifs et sociaux résultant de leur statut d'immigrant. La situation de Dike est différente. Il est l'enfant d'un immigrant, mais il grandit en Amérique. Il n'a aucun souvenir du Nigeria, mais sa famille est nigériane. Il est déchiré entre deux cultures, et tente de trouver sa place dans le monde et de construire son identité à partir de deux cultures. Vivre à l'étranger modifie également l'identité de ceux qui s'installent dans d'autres pays plus tard dans leur vie. Le titre du livre, *Americanah*, fait référence à un Nigérian qui revient d'Amérique radicalement changée. Lorsque Ifemelu part pour l'Amérique, ses amis la taquinent en disant qu'à son retour d'Amérique, elle sera une « Americanah sérieuse » (p. 123). En fait, lorsqu'Ifemelu revient au Nigeria, ses goûts, ses idées et ses intérêts ont changé. Ifemelu ne veut pas être une « Americanah », mais elle doit admettre que les années passées au loin l'ont marquée. C'est une autre facette de l'immigration : après avoir passé une période significative à l'étranger, une personne doit réévaluer son sentiment d'identité et ses idées sur son foyer.

GENRE

Le genre est un autre aspect important dans ce roman. Ifemelu est une femme forte, indépendante, au franc-parler. Bien que ses relations amoureuses constituent une partie importante du roman, elle n'est pas définie par les hommes de sa vie. Elle est affectée par ses relations, mais elle prend ses propres décisions. En Amérique, Ifemelu prend conscience de sa race. Au Nigeria, par contre, elle semble plus consciente des questions de genre. Elle n'aime pas le fait que ses amis nigérians considèrent le mariage comme leur principal objectif. Elle n'a rien contre le mariage et les relations, mais elle n'aime pas la façon dont on attend des femmes qu'elles aspirent au mariage d'une manière qui n'est pas attendue des hommes. Dans son essai sur le féminisme, Adichie explique qu'un journaliste bien intentionné lui avait conseillé de ne pas se dire féministe, car «les féministes sont des femmes qui sont malheureuses parce qu'elles ne trouvent pas de mari» (Adichie, 2014 : 9). Ifemelu, qui est indépendante et refuse le mariage comme un but en soi peut être décrite comme une féministe. Le fait qu'elle ait des relations amoureuses saines avec des hommes montre l'absurdité de la déclaration du journaliste. Féminisme et histoires d'amour peuvent aller de pair, tant que l'homme et la femme sont égaux dans la relation et s'y investissent de manière égale.

UNE HISTOIRE D'AMOUR

Malgré la présence d'un protagoniste féminin fort qui n'a pas besoin d'épouser un homme pour réussir dans la vie, *Americanah* est une histoire d'amour. Le lien entre Ifemelu et Obinze est l'un des aspects les plus remarquables du roman. Leur touchante histoire d'amour touche à quelque chose d'universellement humain qui dépasse les frontières de la race, du sexe et du pays d'origine. Si les lecteurs de cultures différentes peuvent interpréter différemment certains choix, comme le divorce, la compréhension de la signification du lien qui se forme entre deux personnes qui s'aiment est universelle.

STYLE

Trois éléments importants concernant le style du roman sont le fait qu'il s'agit d'un récit à la troisième personne centré sur les expériences d'Ifemelu et d'Obinze, l'utilisation des entrées du blog d'Ifemelu pour discuter des idées et l'utilisation de la langue Igbo.

En ce qui concerne le style et la langue utilisés dans *Americanah*, la majeure partie du roman est écrite à la troisième personne. La narration se concentre sur deux points de vue : de nombreuses parties du livre sont racontées en se concentrant sur les expériences d'Ifemelu, et certaines parties sont racontées du point de vue d'Obinze. Cela permet au lecteur d'observer l'histoire telle qu'elle est vécue par ces deux personnages. En outre, la narration comprend une autre technique : certains billets de blog d'Ifemelu sont inclus dans le roman, ce qui permet une exploration approfondie des idées. Il serait difficile d'expliquer de nombreuses idées complexes sur la race sous forme de dialogue, car l'un des personnages devrait prononcer de longs discours, qui nécessiteraient des circonstances particulières pour être crédibles. Les articles du blog le font naturellement. Un autre aspect intéressant du style dans *Americanah* est l'utilisation de la langue igbo, qui donne vie aux personnages nigérians et fonctionne comme un marqueur de leur identité. Le style du roman sert à soutenir les thèmes abordés ci-dessus.

POURSUITE DE LA RÉFLEXION

QUELQUES QUESTIONS À MÉDITER...

- Ifemelu décide de ne plus se conformer aux normes de beauté occidentales en arrêtant de se lisser les cheveux. Discutez des implications politiques de sa décision.
- Le blog d'Ifemelu sur la race est anonyme. Comment pensez-vous que cela affecte la façon dont elle peut s'exprimer ?
- Ifemelu apprend d'abord à parler anglais avec un accent américain, mais décide ensuite de reprendre son accent nigérian. Discutez de la signification de ce choix par rapport à son identité culturelle.
- Quel est, selon vous, l'impact de l'utilisation de la langue igbo dans le roman ?
- Discutez des différences les plus importantes entre la culture nigériane et la culture afro-américaine dans le roman.
- Pourquoi la race est-elle vécue si différemment par les Noirs américains et les Noirs africains ? Comment le blog d'Ifemelu vous aide-t-il à comprendre ces dynamiques ?
- Discutez des relations amoureuses d'Ifemelu. Qu'apprend-elle de chacun de ses partenaires ?
- À votre avis, pourquoi Obinze est-il resté en Angleterre après l'expiration de son visa ? Il cite comme motivation sa soif de « choix et de certitude » (p. 341).

Discutez de son raisonnement et de son incertitude quant à la capacité des Occidentaux à le comprendre, lui et d'autres comme lui.
- Discutez du titre du livre. Ifemelu est-elle devenue une « Americanah » ? Quelle est la signification des changements qu'elle subit par rapport à son pays d'origine ?

AUTRES LECTURES

ÉDITION DE RÉFÉRENCE

- Adichie, C. N. (2014) *Americanah*. New York: Anchor Books.

ÉTUDES DE RÉFÉRENCE

- Adichie, C. N. (2014) *We Should All Be Feminists*. Londres: Fourth Estate.
- Ashcroft et al. (1989) *The Empire writes back: theory and practice in post-colonial literatures*. Londres: Routledge.
- McCoy, S. A. (2017) The "Outsider Within": counter-narratives of the "New" African diaspora in Chimamanda Ngozi Adichie's *Americanah* (2013). *Journal de l'association de littérature africaine*. 11:3, pp. 279-294.
- Ramone, J. (2011) *Postcolonial Theories*. Londres: Palgrave Macmillan.
- Tunca, D. (Sans date) *Le site web de Chimamanda Ngozi Adichie*. [En ligne] [consultée le 23 septembre 2018]. Disponible à l'adresse suivante : <http://www.cerep.ulg.ac.be/adichie/index.html>

SOURCES SUPPLÉMENTAIRES

- Site officiel de l'auteur : https://www.chimamanda.com/ Les lecteurs d'*Americanah* pourront trouver la section intitulée « Le blog d'Ifemelu » particulièrement intéressante.

lePetitLittéraire.fr

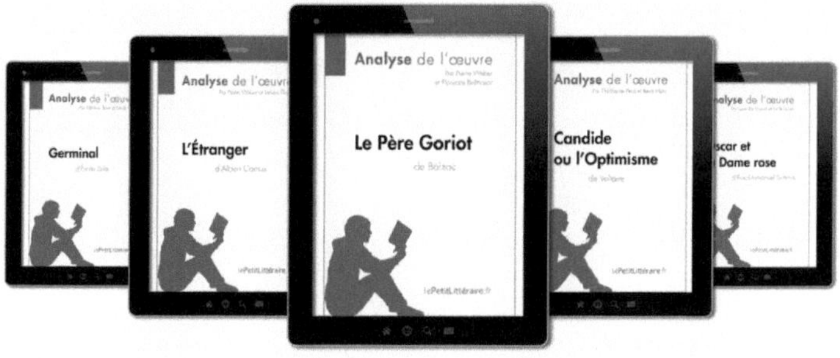

- des analyses de livres
- des fiches de lectures
- des commentaires littéraires
- des questionnaires de lecture
- des résumés

**Retrouvez
notre offre complète sur
lePetitLittéraire.fr**

www.lepetitlitteraire.fr

ISBN version numérique : 9782808684118
ISBN version papier : 9782808684910
Dépôt légal : D/2023/12603/991

Conception numérique : Primento,
le partenaire numérique des éditeurs.